Matheus Toniolo

sonhos & outras metamorfoses

KOTTER EDITORIAL

Coordenação Editorial: Sálvio Nienkötter
Editor-Executivo: João Lucas Dusi
Editor-adjunto: Daniel Osiecki, Claudecir de Oliveira Rocha
Capa: Paula Villa Nova
Design editorial: Carlos Garcia Fernandes
Produção: Cristiane Nienkötter
Revisão e preparação de originais: O Autor

Dados Internacionais de Catalogação na Publicação (CIP)
Angelica Ilacqua CRB-8/7057

Toniolo, Matheus
Sonhos & outras metamorfoses / Matheus Toniolo. — Curitiba : Kotter Editorial, 2023.
120 p.

ISBN 978-65-5361-214-3

1. Poesia brasileira I. Título

CDD B869.1

23-2400

Kotter Editorial Ltda.
Rua das Cerejeiras, 194
CEP: 82700-510 - Curitiba - PR
Tel. + 55(41) 3585-5161
www.kotter.com.br | contato@kotter.com.br

Feito o depósito legal
1ª Edição
2023

Matheus Toniolo

sonhos & outras
metamorfoses

Sensibilidade

Versos curtos
Saem sussurros no fim da noite
Meu zelo cálido
Sobre o conselho de amigos mortos
As flores dançam na tempestade
E vê nos breves detalhes
E pequenos gestos
As gentis minúcias do inacabado

Ruído

Cada palavra reprimida
Pensamento coibido
Passo retraído
Causa concebida

As palavras na boca
Da mulher ninfa
Presas no homem estátua

Cada pudor padecido
Substância ocultada
Seiva abrigada
No espaço desconhecido

Vagas rosas

Faces desoladas nas ruas vazias
Brotam rosas vermelhas na terra fria

Credos e guerras
Vidas ruídas no asfalto
Na tormenta sombria
Fadados e iludidos
E seu registro marcado

Ideias clamam por revolta
Em planícies de asfalto
Encostados, calados e inertes
Neste abril eterno

Atento aos ruídos
Caminhava sem contar as horas
Deixando a brisa carregar as folhas

Essência

Vejo as chamas que contornam
E adornam as sombras
Iluminando cantos sufocados
Ante as supérfluas passagens
De um abismo acinzentado

Glóbulo Venoso

Um naufrágio de pensamentos
E um céu de fuligem na tempestade
Restam coisas vagarosas
Amores exclusivos em dias borbulhantes
Estigmatizado afeto
Entre fantasmas famintos

Cenário da vida

Obras abstratas ornam o espaço
Paralisa no ar com sua filosofia
Em sua poltrona de reflexões
Apoiado sob a janela de um prédio
Alguém fuma e observa o céu
Nem tudo está acabado, ela pensa

Loucura lúcida

Caminho quieto na noite delirante
Onde uma voz emerge do nada
Um som que ressoa
O grito do pássaro lunar
Que pousa em minhas artérias
E irradia solitário

Almas anarquistas

Atravessa a névoa densa
Onde o tempo se fragmenta
O eco o copo a fumaça
A noite sutil e delirante
Uma garrafa é lançada
E quebra no chão
As luzes nos cegam
Almas anarquistas perambulam
Entre as sombras alheias
Como se desorientadas se orientassem
Almejando momentos mais brandos
Espaços mais arejados
O toque sensível na maciez dos corpos
E olhares se reencontrando
Como almas em atrito
E basta um olhar
Para ver a eternidade no horizonte

Asas nos pés

Tenho sonhos desfilando sobre nuvens
Desejando o acaso
Entre os vãos das ruas solitárias
Sentindo a névoa que passa pelas mãos vazias
Como uma força antiga na madrugada
Tinha coisas aladas
Ideias ocultas
Superfícies partidas e coisas perdidas
Os sábios já viam e pronunciavam
De seus templos nas grutas
Seus olhos diziam sem que suas bocas falassem
Haviam coisas jogadas
Lançadas ao chão
Procriadas na mente e no peito enraizadas
Ideias de amor silencioso
Na bruma enevoada
Conduzindo a revoada
Sem olhar para o chão

Motor em combustão

Permaneço entre as variáveis
Calo a boca e adormeço
Inflando a essência
Meu vapor de eletricidade
Dilacerando o espaço
As vezes esquecemos
O quão as estrelas estão distantes
E supostamente
Tudo se corrompe
Mas não há nada que destrua
O motor dos sentimentos

Lançou-se ao mar

Um vento abalou meus ombros naquela noite
Nos dias que não param
Permaneço com esse olhar calado
Em um sonho pacato de nuvens carregadas
Ao observar as noites de inverno
Que nos fazem estremecer
Remessas de sonhos perdidos se silenciam
Há um momento observando estrelas mortas
E o devaneio que se abriga nas sombras das ruínas

As veias

Uma ventania de pensamentos
Esvai da mente retorcida
Uma horta de delírios
Que foge da sombra
Como uma estatua
Até que tremula
E seus nervos se reviram
Como uma coisa viva
De carne e alma

Pequeno canto amoroso

Observo as cores que existem no ar
E o calor que trazia
A parte inesperada
O vulto que sai na chuva fria
Sem voltar até amanhã
Sem saber onde ou quando
Encontra seu destino
Para sentir o sabor
De uma boca qualquer
Para ver o delírio nos olhos
Desses animais de luz

Noite imaginária

A lua conduz os sentidos
Sente o espirito da raposa
Sensações atemporais na aura

O vento entra pelos cantos
Turbulências alucinógenas
Bactérias proliferando
Dragões elétricos serpenteando

Um segundo abissal
E a tempestade um dia passa
O tempo vem a favor

E aquela voz grita
Quando não sabe o que esperar
Cala-se no delírio
Noturna e salivando
Como um cachorro alucinado

Um sussurro opaco aperta o peito
E conforta os sonhos
Faz a introspecção final
Entre remotos emparelhamentos
Hoje durmo sem saber o caminho para casa

Há mais mistérios

O céu se ampliou
E a lua tremula suas luzes na água
Irradiando um brilho nas pupilas
Teias conectoras de eletricidade
E os olhos do tempo
Pairando na vagueza do mundo
Onde pressentimos ventanias sobre o entardecer

Terraço

Parecia mais cansado do que sempre fui
Mas havia tempo para a mudança
Conquistemos alguma coisa que faça sentido
Abaixo no campanado estrelado
Onde a lua irradia no céu

Sina

O mecanismo moderador
Veste a estátua cotidiana
Não há passaporte para o céu
O tempo é um caminho livre
Há olhos que insistem em ter pressa
Assim não vão saber
A hora certa para nada

Invisíveis

Quando tudo é claro
Eu só vejo o nada, tão calmo
Escuro eu vejo o tempo
Pulsa as veias e as pernas se movem

Creio que os dias
Já não são mais tão fugazes
Esperando passar alguma tempestade
A cidade te aprisiona no vazio
Precipitado na véspera

Vejo suas sombras espalhadas pelo mundo
Passando sem algo a dizer

Aos confins

Há um infinito de coisas inacabadas pairando no ar
Continuo ávido com os pés no chão
Inalando surrealidades
Em suas diversas essências
Nenhum momento se calou até agora
Tudo me mantém eternizado

Vertigens

Perdido nas teias das palavras asfixiadas
Falo sobre céu aberto
Arrastando os pés
Em um movimento sutil
Que aquieta a existência
Em distintas formas
Vendo telas luminosas
Ofuscando os olhos vivos
Sobre o mármore urbano
Na noite roubada
Que nos traz vertigens
Mesmo nas concorridas passarelas
Fogo e fumaça silenciam
Delírio e música
Dispersão & Poesia.

Epopeia dos bichos

I – O pouso

Águias rodopiam sobre montanhas
Nos planaltos singulares
Em meio à noite criam espirais no ar
E a chuva cai molhando suas asas
Deuses pintam a noite de vermelho
Enquanto a lua brilha cheia
As águias lançam sua dança
Nas correntes do vento
E o tempo se eleva à eternidade
Esculpidas nessa correnteza
Compõem desígnios intuitivos
E a música do enlevo
Assim que o sol aparece
O horizonte se despede da noite
Às águias pousam nas encostas
Descansando suas asas exaustas

II – Caninos

Assim que inicia o dia
Os leões das savanas
Se apresentam aos primeiros raios solares
Distanciados no horizonte

Rugem com elegância
Em sua vigilância
No ritual ao calor dos dias
Distintos com seus olhares
Frios e imponentes
Comendo carniça no sol
Determinados sobre o escampado
Com suas chamas xamânicas acesas
E seus altos rugidos
Seguem aos bandos
Destemidos sobre o chão de rochas

III – Milenares

Quando o sol enfraquece no campo
Búfalos sagrados deitam sobre os cascos endurecidos
Direcionam ao céu os chifres
Em algum contato telepático
E comunicam a chegada do crepúsculo
Caminham pelos pastos
Destilando suas visões hipnóticas
Suas compreensões de espaço
Oriundos de idades remotas
Transitando robustos
Resilientes e inquietos
Dispersando energia
Modelados em terra viva
Batizados pela árvore anciã

Mugem a súplica atenciosa
Mascando folhas secas
Seguindo solitários
Nos meados do anoitecer

IV – Feiticeiras

Ao trânsito cinza-violeta
Transporte do anil ao marinho estrelado
Serpentes ilusionistas
Exibem suas cores e listras
Dançam flutuantes nas águas perfeitas
De rios bailarinos
Sábias feiticeiras
Ocultas ao anoitecer
Perigosas aos imprudentes
Rastejam incandescentes
Sussurrando palavras ofídias
Encantos místicos ao chão
Moldadas nas águas da nascente
E na terra úmida
Observadas pelas estrelas
Cuidam dos pés silenciosos
Permanecendo eternamente perceptivas
A esperar sua jornada
Na chegada do dia

Incerto balançar

Sinto um tremor cerebral
Turbulência na caixa craniana
Engasgado e desenganado
O sopro da brisa ecoa na minha face esquecida

Lampejos

O céu da primavera demora para vir
E tudo se transforma
Todas as formas se distorcem
Enquanto o sol nos afaga
E o vento nos empurra

Turbilhão

Nem tudo é inexatidão
O mundo está alvoroçado
Quando puder pule no oceano
E pense sobre o que o céu da noite lhe diz
Se caminhar por aí pisando em poças
Apenas dance sobre elas

Quinquilharias na gaveta

Onde encontra a semente que faz renascer
Para nunca mais ver a poeira sobrevoar
Sente o ar estéril ao respirar
Na sombra que percorre o dia
Não podíamos enxergar
Mas o céu mantinha-nos vivos
Instantes vivendo pela luz que o afaga

De papel

Como um pedaço de papel
Desmanchado e amassado
Como a folha seca cai rodopiando
E a flor que murcha
Permanece estoicamente em seu espaço

Anemia

Horas de sono periódicas na soturna madrugada
E quando levanta tem a sede do inevitável
Correndo atrás do próprio tempo como um alienado
Lançando seus titubeantes esguichos de vida
Tropeçando no degrau quebradiço
E apertando o sentimento que some
E as correntes de ar que impulsionam
Afogado em uma piscina de luz
Como um animalzinho de carne e alma
E por fim vira uma escultura
Em um templo de barro

Um pouco de tudo

O universo expande em movimentos circulares
E o vento se dissipa na noite
Assimilo as paisagens filtradas
Na boca do mundo

Amor quântico

Destinos incertos
Em caixas de concreto
Em um semblante pálido
Caminhando entre olhares
Tendo calma quando vem o vento
E sente seu fogo interior
E as engrenagens continuam girando
Em seu movimento perene
E no prazer da noite
No tesão deserto
Com os olhos fumegando
Sem muita distância do infinito
Voo desequilibrado da janela
Esvaindo no ar
Em seu consenso de abstração
E o império se destrói nos sonhos
A máquina cancerígena
A consciência acende nos teus olhos silenciosos
E vê a luz fosca na chuva
Na avenida onde as almas se encontram

Andarilho cósmico

A natureza do andarilho é cósmica
Como se fossem universos plantados em vasos de carne
Pétalas de cabelo e galhos de braços e dedos
Com fragmentos de luz
E de uma ciência abstrata e invisível

No coração ausente
Na poeira do temporal
No horizonte calado

Onde a voz chama no exilio
Na floresta anciã
Em madrugada enevoada
No traço que rompe o céu
Para o andarilho que persegue o sol

Em um reino frio
Em meio a monges sem palavras
Quando o tempo acelera
E para naquele instante
E uma voz ecoa
Entre as auras silenciosas

E via uma sombra nas paredes
E na boca morta havia só um gemido
Mas os andarilhos continuam percorrendo estradas
Pelas auroras do entardecer

Sonoro

O som ecoa fluindo sobre os ouvidos densos
Os dedos se movem em ritmo
Vejo nas paredes remotas
Fendas no temporal magnético
Resíduos nos cantos esquecidos

Nuvens

O chão estava rachado
Observa a vela acesa
Na escuridão da noite
O corpo cai em sonolência
Padecendo no sonhar
E volta para a janela do tempo
Onde cantam pássaros de saturno

Diamante bruto

Sementes fluidas
Unidas ao mel corpóreo
Exposto ao sol
Mostrando os dentes vorazes
Vai com eles cerrados
E com os olhos revirados
Com vontade de morder a pele
Na noite vermelha
E todo tempo acaba se desperdiçando
Quando encontra amor
Esvazia na luz
Mas por enquanto
Tua alma me atravessa

Sonhos

Toquei a lua com as mãos
No silencio noturno
Numa linha que desce pelo horizonte
Pisei nas nuvens e cai
Mas os sonhos continuam vivos
Dentro da caixa de sonhar

Enigma

Esquece o barco velho
Vai pegar o trem de ferro
Pra não sobrar na cidade
Rompe no azul celeste
No estrondoso horizonte

É lá onde voam alto
Os monges com asas
Onde a terra faz divisa com o céu
E o céu cobre toda a terra

Espirito animal

O pássaro de olhos curiosos
Suas penas coloridas irradiam
As águas vivas dançam submersas
Em lençóis flutuantes
Observo insetos
Quanto mais estranho-bem-colorido mais me fascinam
Plantas carnívoras contagiam meu dia
Fico sem palavras

Espaço etéreo

Invisíveis máquinas vão tecendo a ordem desse vazio barulhento
Em um bloco de concreto que explode em minha mente

Perdendo fascínio no altissonante outdoor
Ganhando lacunas em noites de domingo

Onde vê lótus e sua alma elétrica
E os vestígios das cinzas adormecem
Entre as luzes artificiais

A frenética estrutura
Do início ao fim podia escutar
Suas equações cotidianas

Folhetos voadores

Há poemas nas paredes e ruínas
Neste silencio sob o luar
Observando o céu
E a visão atordoada
De um pássaro delirante
Que voa em minha volta

Há poesia nas ruas e jornais
Em pedras e palcos
Vomitada do peito
Jorrando como sangue
Das veias dos poetas

Ouço um ruído no concreto
E minha brasa queima vermelha
Uma chama de luz se expande sobre mim
E eu saio voando e emergindo no céu

E sinto o depurado vapor
Bafo quente dos escapes
As lâmpadas e a fuligem
Cegando o céu de estrelas

E de repente o tempo parou
E o relógio nada diz
E o mundo virou uma coisa só

Mistérios reflexivos

Na mesma rua
A mesma esquina
A saudade distinta da sorte
Esfacelando a carne
E sangrando

Filosofias de cartão de crédito
Acumulam informação
É dia de comprar algo novo

Despido de concentração
Observo o mundo
Remoendo pensamentos e os transformando em tormentas doces
Amargo na noite embebida nas luzes
Vejo o folego silencioso do vento
E o cardume de corações que se apaga

Darma

Tragando percepções
Incinerando memórias
Via no ar opaco
No horizonte oculto
Os olhos da medusa
No resíduo das máquinas
Em seu espirito animal
Oscilando na ventania o pássaro de vênus
Que canta escondido
E entra dentro do seu peito

Atemporal

Observo o dia virar sereno
E ouço seu sussurro em meu ouvido
Dizem que as coisas
Devem acontecer por acaso
Mas não se pode perder o olhar
Sobre cada momento
Tinha que lembrar tudo
Para eternizar

Céu

Acima no céu
Profundo como o oceano
As estrelas brilham mortas
Há bilhares de anos
E nossos olhos as observam
Nas noites silenciosas

Cosmoatômico

Carga atômica
Despejo de contaminação
E tumultos urgem
Na multidão

Osso e ferro
Rangem ácidos
Aos Deuses mortos

Olhos que tentam
Andar entre mundos
E perfurar o elementar

Velha terra

Vejo uma ampla estrada
Onde corações descem o vale do silencio
Sobem o cerro da verdade
Atravessam as multidões
Suas raízes cravam na terra
Seu broto germina no tempo

Poema amarelo

Entre as nuvens que revelam o horizonte
E meu corpo entorpecido
Quando o dia parece um quadro
Sigo a impermanência
Distorcendo coisas tangíveis
As luzes vazam pelas frestas
Gruda um pedaço de vida
Cria harmonia e fecha os olhos
Em resposta ao ruído urbano
Ao suave amarelo que distante refresca
Pulsando como as raízes

Vazio elétrico

Contemplando o vazio
Cai em sono eterno
Deitado vê o teto branco de palidez

No sonho as correntes são quebradas
Suas intempéries relativas
O animal suicida
E leis sem juízo

É uma placidez conformada
Um soco no estomago

Seu temporal

Sobre um vento silencioso
Há obsessões sistêmicas
Na luz da noite
Em meio aos ladrilhos empoeirados
Neste ar opaco
O torpor acidentado
Com o que dizem teus olhos
E tuas palavras

Passos nas nuvens

Nesse túnel sem destino
Tem a absolvição pela palavra
Pelo cerro de adjacências
Que o faz delirar elétrico
Sonhando nas encostas mortas
E montanhas de pensamentos

Onisciência

Às vezes ficamos
Sem saber o que dizer
Onde achava aquela inspiração
Inquieta no teu desejo
Presa na tua alma animal
E nas entranhas da tua carne
E nos ossos endurecidos pelo tempo
De que maneira a alcança
E como a dissolve
Levando tudo embora
Irradiando teus passos
Destinados à bruma

A muda

Deita seus galhos nas nuvens
Suas folhas torneadas
Mergulhadas em névoa branca
Alcançando estrelas solitárias
No azul profundo que sobreleva
E a curva no céu desdobra
Sua vertebra no espaço
Vai de um lado a outro
Balançando ao redor do mundo

Vento sul

Ouço vozes de uma legião megafônica
Antes do fim do terceiro ato
Nesta estrada soterrada
Na derradeira noite silenciosa
Em um tempo remoto
De caminhos distintos

Teus Pedaços

Comtemplar a criação em calçadas e bueiros
Sobre as vidas caídas
Tudo um dia será como deve
Neste templo silencioso
Toda arte terá ruído
Ouvindo as vozes que nos falam
Sobre a imensidão do universo

Ainda ontem

Prefiro destrancar o peito
Na medida do possível
Obliterar o êxtase acelerado
E girar o moinho de águas mansas
Como lágrimas solitárias

Sobre todo abismo

Quedas distantes
Em abismos desconhecidos
Pálido e sonoro
Estampido
Dinamitando
A base de um império
Triturado nas máquinas
Irrisório
Às mais variadas atmosferas

Aos amanhãs

Retorno amanhã inconsciente
Onde as raízes submergem
Em um vapor tóxico
Sentindo a poeira ilógica
Aquele ruído caótico

Uma ópera de carros na varanda
Nos tragos alcoólicos calados
No silencio noturno
E seus caminhos inquietos

Vejo um objeto voando
Ouço música nas pedras
Nestes dias entediados
Em hologramas de sonhos

Dignidade sobre calamidade
Teus olhos não viam o futuro
Teus beijos dançavam na minha pele
Em um mundo dinâmico de máquinas

Correnteza

O tempo é como um rio
Vai deixando um rastro
No contínuo desmembrar dos dias
Em seu ciclo aleatório de manifestações

Vazia noite

Sumo ao adormecer
Nestas noites de penumbra
Sobre meus olhos cansados
Que aos dias acordam
Numa forma cinzenta
Observando as sombras se moverem
Adaptando o que encontra
Sob o crepúsculo afogado
Submerso em si
De corpo inerte
Absorvido da terra

Dilacerar

Com o tempo contado
Via o desmanche de tudo
Uma tempestade de delírios
No ciclone do mundo
Onde cada acaso ao redor é um sopro
Onde todos os sonhos dilacerados
Jorram nas paredes da realidade
Sem saber sobre amanhã
E no fim tudo esvai

Janela do universo

No topo da montanha o sol se põe
Fico vendo ventos vagarem até o luar
Num vazio inconstante
E pingam gotas do céu
Uma lua amarela aparece
E uma noite vermelha
Irradiando sobre o mundo
E nos prédios densos
Sobre o solo da maquete
E sua massa cinzenta

Cotidiano

O que dizer sobre o mundo
E as pessoas que se atraem
Entre tempo e espaço
Sobre a brisa do mar passa entre nós como um sussurro
E os ventos dançando
Sua cor reaparecendo
E o céu refletindo nos cabelos
Absorvendo teorias
A mais abstrata sensação
Nas lacunas cotidianas

Andorinhas

Na despedida o sol encosta
Espalhando as cores
Sobrepujando tons cinzentos
Em meio ao crepúsculo

O povo segue a noite
Em filas e cirandas
Passa lá embaixo
A estrada perdida dos pássaros

As árvores dançam
E o vento vem silencioso
E tudo se cala num instante

Sua bolha

Ouve o som do silêncio
Em seus sonhos alucinados
Considera o momento de renascer
Caminhando sobre pedras
Com os pés descalços
A não se perder por escombros
Ao evitar tropeços
Mesmo em momentos letárgicos

Elemental

Na noite fria o pensamento divaga
Mistérios regulares me atravessam
As cordas do violão vibram
Vendo a passagem para um cais longínquo
O som escorre dos dedos
E a boca silencia

Um breve ruído assombra
Traz toda essa aflição corrompida
Anseio em desmembrar conceitos
E no final permanece um fio de tempo
Esperando o sol se despedir

Face à luz

Aprecio olhares
Quase todos os dias
vou desfazendo a imagem dos rostos
Vejo-os moldados no barro
Distorcendo as formas
Em uma crença maleável
No vazio anímico
Que já existia
Mas permanece um mistério

Alento

Não poderia compreender
O que perde ou ganha
Diz-se abstrato
A interna coisa indefinida
Em traços asfaltados
Entre maquinarias e divisórias
E beijos que adormecem
O sol do amanhã nos desperta
Ao passar da noite
Nossas lembranças
Vem com o amanhecer

Remendando nuvens

Não olho mais para relógios
As vozes passam pelos ouvidos
E o vento esvai em ecos e ruídos
Sinta os pés para saber onde está
Onde o sol de fogo resplandece
E algo imergido no solo
Da raiz ancestral
Em seu lúcido silencio
E a lua esvazia no céu
E as copas das árvores balançam

Barco a vela

Com os pés na lua
Voo nesta terra de desertos
Sobem delírios na tela
Como antenas de luz

Cães abatidos
Sufocam e voam
Ao respirar
Ventos perdidos

Dispersos no dilúvio
No barco da ilha velha
Na ponte quebrada em quarta-feira nublada
Ao constante remanso das águas da baía

Mar aberto

Sobrevivendo na membrana civilizada
De olhos céticos
Deixando que o mar adormeça
Nos meus sonhos
E no relento do outono
Seu manto azulado
Vai deslizando sobre o mundo
E por mais que tudo acabe
Em algum momento
Você volta ao mesmo lugar
Como no mar
Onde ondas te jogam com força ao chão

A volta do trem

A cidade continua
Suas máquinas
Seus sonhos
Suas cores sintéticas
Seus mercados de informação

A miragem se aprofunda
Vozes ecoam da janela
Ruídos ao amanhecer
Nos domingos nublados

A gente se perdeu tantas vezes
Quanto tempo lançado ao vento
Observando monges voadores
Em seus perpétuos abismos

Com o que nos sobra
No momento passageiro
Onde esquecemos o que sabíamos

Nosso abraço

Seu abraço era como um travesseiro aquecido
Afogava as dores nas covinhas

Era outra feição de mundo
A solidão de uma caixa
Buscando a impermanência

Ir até o que parece distante
Como um sonho
Para não deixar acabar em outro lugar

Essa simetria
De boca às avessas
Sempre a mal saber
O que tem a dizer

Nunca vi um deserto tão profundo
Quero acolher o presente
Admirando paisagens

Prossigo noturno
Com todos os anseios no suor
Sonhando com lótus ao amanhecer

Tempo rei

Na garganta da noite ecoa um grito
Um sussurro do céu
E a luz da noite reflete sobre as águas dos rios
Gotas coladas borbulham um som saboroso
Flutuando nos olhos serenos
E sente sua fome pelo adiante
Observando as imagens do mundo
Preso no abstrato das estrelas mortas
Vendo os vapores de luz de um fulgor infinito queimar
Vê no plano absorvido a trajetória
As águas se moldam sobre as pedras
E tudo vem num instante
Vê as Mandrágoras crucificadas
De seus tubérculos vertiginosos
No escuro de uma tempestade azul
Que pinta o céu como um oceano
Tem serenidade no olhar que pousa sobre a face
Sobre o quadro vivo da existência
Por isso em um sorriso quieto pensa sobre o tempo

Caixa de vodu

Guardo meu vodu de argila
Em uma caixa num canto
E nada mais me importa
Nesse pálido cotidiano
Tanto faz a hora que passa o vendaval

Mas eu tinha um templo
E dentro dele havia um lago
Uma lua vermelha e uma brisa suave

Lá conheci o silêncio
Onde distante
Ouço o som das águas
E a manifestação da noite

Devem se fazer as escolhas no momento delas
Via essa frase em todas as portas
Ouvia no eco das vozes mortas
Nas estátuas quebradas dos Deuses

Outras variáveis

Poemas são como o vento e não se calam com a chuva
Caem sobre as ruas no inverno frio
E o verso floresce no sonho
Inerte em nuvens
Boiando em seu dilúvio
Dançando como um animalzinho
No momento que os atinge

Tuas passagens

Há ranhuras na noite
Fendas instáveis
Por esgotos pavimentados
E plácida melancolia
Nas rachaduras íntimas das cascas
Os antigos diziam
Que as pedras também tinham alma
Se distanciam enevoados
A sombra urbana e as sobras de metal
Brindamos ao ilógico
Onde alucina
O contraste escampado do horizonte

Invertebrado

A noite pálida
Seus restos são silenciosos
Nas infinitas ruas
Vivo inerte e submerso
Onde reverbera meu espirito animal

Observa o véu urbano
No céu da madrugada
Nos morros e casas abaladas
Os ventos se batendo

Imóvel e perpetrado na claridade da lua
Voa entre vórtices
Às vésperas da rotina

Divagação noturna

Ouço gritos
Que desabam de um abismo
A boca se abre
E a mão agita os dedos
Que escrevem silenciosamente
Cada pedaço de poesia
Temporal que adormece através do sol
Espalhando bombas ao redor
E pingando lágrimas no jardim

Noites em silencio

Acende um cachimbo observando nuvens
Deitado na cerâmica morta
Pescando os pontos brilhantes do espaço
A noite é silenciosa
Só ouve o grasnar noturno dos pássaros
E a garoa cair
E o estalido incessante da cúpula urbana
Paralisado e mudo no seu véu

Mas sente a brisa e pensa nos abismos burocráticos
Precipícios poéticos como vendavais ociosos
Palavras quietas sussurrando murmúrios
Em sua camada surda num redemoinho
Na noite ruidosa, a lua branca
Um céu cinzento e antenas com luzes vermelhas

A rachadura no concreto se ramifica como uma raiz
Nada poderia distinguir a voz da sombra
Ainda havia algo nas luzes e sons na boca tremeluzente
Os olhos soltam farpas e as palavras correm como rios de pensamentos

Entre as regras e os arquivos-mortos e queimas de arquivo
Ainda com as velhas lembranças
E sonhos mortos que sempre reacendem
Na estrutura interligada por fios e tubos plásticos
Onde pode ver a tarde ensolarada quando espreme tua existência em um registro
Sentindo a atmosfera dançar com nuvens e no entanto tudo esvai
Todos os pensamentos se vão

Coisa mística

Sinto os sussurros afogados
E o caos do mundo paralisando os ossos
No meio do desfiladeiro
Perplexo em seu olhar místico
Vozes ampliam caixas-telepáticas
Antenas aéreas e prazos de entrega
E as mudas luzes foscas se calam
Então vou com os pés moles equilibrando vícios
Sentindo o frio da bruma noturna

O som

Todos emudecem ao som caótico
O desalento de tímpanos feridos
Mas em seus pequenos templos
Em seus silvos sublimes
Ecoam suntuosos

Chuva espiritual

As nuvens ocupam o horizonte
Em uma forma única e maciça
É o vapor que se condensa
Pairando em tudo
Atravessando a terra
Correndo nos rios
Em uma massa etérea

As horas perdidas

Nesse vento perdido
Observando a luz que refulgia
Meus olhos estremecem
Ao ouvir o estalo do tempo
O tremor no concreto
Num frêmito constante
Apagando o silencio
E as palavras que se perdem
Entre os olhares
Na aurora da noite

Azimutal

Contava as plumas voando
Espalhava um manto
Dissipado no ar

O frio vem nos visitar
E aqueles sonhos quentes
Apagaram no véu da memoria

Direcionava amplitudes
No caos urbano
Se embaralha nas ruas
Perseguindo o vento

Jazz

Essa música é como um quadro de Miró
Davis & Monk derretem nos ouvidos
Os dedos dançam sobre o piano
Solos de saxofone são a assinatura
Aprendi a gostar de jazz e as coisas melhoraram
Na luz sonora as notas voam como mariposas
Em seu fluxo harmonizado
Emanando melodias
Cada solo uma pintura de Van Gogh
Nas florestas acústicas
E o tenor não vai embora
Ele solta na três com Armstrong, e depois com Miles Davis

Abismo de nuvens

Mergulho no oceano de uma folha
Transposto na noite calada
Com meus cálculos e intermináveis louvores
Permaneço de olhos abertos
Sobre o espelho da pia
Vejo-me concentrado
Todos os processos aleatórios
Passam pelas ânsias
Que me devoram em silêncio

Para rejuvenescer

Sempre assimilei
Coisas vazias
Com o ar
Mas o ar que nos preenche
É vento e fogo

Uma brisa sopra no meu rosto inquieto
Nesse templo cinzento de concreto
Em seu sopro frenético
Neste céu vermelho

Esquece o resto
E vá olhar o mar ao anoitecer
E todas as luzes do céu
Te calam por um momento

Tear das horas

Tantas telas luminosas nesse corredor
Ouvindo a disritmia bêbada
E o frágil louvor das palavras ao vento
Atento aos ouvidos ociosos
Percorrendo a aura por acaso
Deixo um rastro que atravessa as nuvens
Transbordando e beijando fumaça
Refletido como um objeto inerte
E preso ao chão
Um gole do copo descendo gelado
Se ajusta como chumbo
Teu olhar passou despercebido
Teus olhos animais trazem o desfecho inusitado
Além deste jardim de almas
Onde marchamos inquietos

Vago equilíbrio

Vaga solitário pelo deserto vermelho
Sem sombra e no relento
Se sente como pó
Vendo o destino nas escolhas

O último vendaval

Em meio aos fragmentos ilusórios do mundo
Vejo a noite vistosa e tenra manhã
Emudeço diante o vendaval
Que vem saboreando auras
Jorrando saliva nos corpos
Estremecendo os ossos
Dilacerando a carne
Mas quase vejo um sossego e desatino
No meio do redemoinho

Asas azuis

Ideias são sonhos lançados no tempo
Essa história foi vomitada em meu caderno
Vejo um pássaro de asas azuis
Dançando ao redor da lua
Desejo que ele desça no mundo

Dou cinco passos sobre uma pedra
Observo apreensivo
Os faróis na orla luminosa
Num espanto frio
Sentindo a pele azul até o anoitecer

Correio atrasado

Raramente o correio
Traz surpresas
Com boas notícias
Sempre esperei
Trocar cartas
Com amigos e amores
E com os inimigos
De meus inimigos

Como as borboletas

As palavras podem continuar vivas
Como borboletas no estomago
Vomitadas pela primavera
As deusas declamam poemas
Palavras que pulam e saem voando
Para que os dias prossigam
Como a aura agitando folhas no campo

O que esvai

Corta os dias em pedaços
E joga fora as coisas que pra nada servem
Como os rancores remoídos
Sente as ventanias que balançam nossas escolhas
A vida que esvai no tempo
E esquece os sentidos
Na chuva de pensamentos
Nas tempestades que movem o oceano

Cosmo & flores

A melhor definição da rosa está no aroma
Dançando no solo musical vejo SONHO e seu delírio paranoico
Mas tenho outros sonhos
Aqueles que mantenho por perto
Lucidamente entorpecidos
Entram no delírio o inflando como um balão
Sentem a contração de um colapso nervoso
Mas não posso deixar ninguém para trás
Mesmo sendo quase invisível
E como quem olha atento para o silêncio
Procurando alguma coisa pelo caminho

Não foi por acaso

Os olhos se veem e as almas se contraem
Na sala onde as paredes estão manchadas
E nas ruas onde elas se perdem
Ouvindo os poetas do dilúvio
Os que perderam alguma coisa no caminho
Morrendo no vapor cotidiano
Neste desfiladeiro de plástico e metal
Onde o concreto nos oprime
E o tempo te observa
Calado esperando mais uma noite
O florescer do seu espírito animal

Para lhe escrever

Preciso descansar e encostar a cabeça
Com o tempo esquecer o mundo
Sentir a brisa da noite em algum lugar
Observando o céu enevoado

Síntese diária

Observação semiótica de superfícies
Personalidade de conquistas transitórias
Inseridas no subconsciente

Assimilamos computadores e implantes
Um poeta esquece sua raiz com o universo
Para se apegar ao desejo plástico das telas digitais
Em meio ao silêncio das palavras não ditas
Nas entranhas da máquina cancerígena

Agulha

O tempo nos constrói
Vendo o mundo transparecer através de uma bolha
Ou enxergando sinais em nuvens negras

Alagamento

As ruas viraram um rio sob o vento delirante
Em meio ao concreto haviam rastros
Sacos de lixo passam flutuando
Pareciam animais mortos
Água despenca dos toldos como uma cachoeira
E vejo todo mistério na tempestade
Enclausurado na água que despenca do céu
Ouço um barulho aterrador
E mordo meus lábios esperando o fim da enchente

Boca aberta

Minha pele invisível
Atravessa a luz no horizonte
O colapso da rotina afoga nossa realidade
O tempo é incerto
Seu desejo animal vibra na aura
Nos dentes brancos como cal

Teia natural

Flores nasceram em um jardim abandonado
A natureza sobrepuja o caos
Não perdemos a corda que nos segura
Em uma teia condutora de vida
Sempre que os dias renascem
Estaremos lá para ver

Vento ilimitado

Não se apegue a este oceano de burocracias
Plante uma semente e regue todos os dias
Dilua seu cotidiano
Soprando ao vento as possibilidades
Com coração disposto
Despedaçando flores murchas com os dedos
Em uma tarde sonolenta
Preso no seu cubo de pedra
Consagrando pequenas oportunidades
Como dragões cuspindo fogo nos castelos

Flores urbanas

Mundos enclausurados em bolhas
Não deviam esquecer
Que a lótus não separa da raiz
Enquanto repetem as mesmas coisas
Como produtos inertes da máquina cancerígena

O sol intenso vem rachando
E os olhos observam o torpor
Que cataloga os dias

Silos metálicos estridentes
Olhos virtuais sobrevoando o mundo
Espíritos frenéticos
No ventre das engrenagens

Mal se explica
A respiração inquieta
Na boca que tremula ansiosa
Sem exprimir qualquer murmúrio

Lâminas cotidianas

Chove navalha
Exposto às investidas sutis
Na linha tênue

Não dependa de apagadores de almas
Processo obscuro de desbotamento

Brotos de luz

Estava de passagem quando esqueci o sapato na porta
Não esperava esses beijos amanhecidos
Mas quando suguei sua boca
Senti o vapor de vida voltar
E quando deitei meu rosto em seu peito
Senti sua pele murmurando
Mas as flores que plantei na varanda
murcharam posteriormente
Depois só plantei jardins de devaneios
Os quais florescem em meu peito alucinado
É quando sinto o ruído do universo
E observo o caos remoto
O temporal magnético em sua essência

Na terra

Preso neste mundo cinza
Conduzo átomos de energia bruta
Sem gritar ou espernear
Respirando o pó que vem das ruas
Cultivo a semente plantada no peito
E a base onde se enraíza

Um pedaço de alguma coisa

Havia algo pendurado
Balançando ao vento
Ouvindo todos os barulhos ao redor
Mastigando vícios
Avançando na multidão
Perseguindo os restos ao amanhecer
E o que está por trás da neblina
Como um retrato rasgado
As vertebras amolecem
Ao som de tambores
Em um desejo imperecível
De balançar os ossos

As coisas como são

Tomo um copo de aflições
Deixo escorrer o veneno na saliva
Ainda veremos o tempo como dádiva
Diante invisíveis forças
E nossos vasos humanos como jardins etéreos

Vento meridional

A fumaça esvai no ar
Flutuando no céu
No espaço enfadonho

Atrito de corpos
Entre o reflexo e a sombra vacilante
Aos poucos vai esvaindo
Desfazendo o vazio eterno

Caminha pelo vento oscilante
Olhando as nuvens
E fazendo sua aura flutuar

Distante esteja

Quero a consciência sem prejuízo
Ouço o ruído da noite
E dou um suspiro
E o mundo se transforma em meus sonhos

Calo-me um pouco
E depois do silencio
A brisa me fortalece
Para que eu não desista

Temporal interior

Peço perdão
Aos meus pés
Mas meu peito
Adormece apertado
Abaixo respiro
E nos meus olhos vejo o silencio
Com o semblante apagado
Com a carne exposta
E a aura pulsando
Como um animal à deriva
Revidando socos no destino
Até chegar o momento
Em que esquece tudo
E dança no meio da tempestade

Amor complementar

Você se perdeu nas vozes
Nessa perturbação que gera ruídos
Lembrou-se de pisar na areia
E ver o sol se pôr em uma montanha?
Vendo rodar os moinhos do mundo
E pensa sobre o que o faz não desistir
Um sopro que vai embora atravessando a poeira

A Voz

Vozes cantam em coro
Junto ao fogo do tempo
Uma massa sonora
E seus ecos circulares

Sábias travestis gozam na tempestade cósmica
E rodopiam magnólias na avenida
A máquina cinzenta ganha vida
Em uma selva de arranha-céus

Tudo se dissolve em um ruído abstrato
E vejo tantas coisas perdidas
Nesse estranho mundo

Ludibriado pelo desastre
Nas rachaduras cotidianas
Podo as horas
Olhando para o vazio de telas luminosas
E as margens do meu ser
Uma lembrança retorna

E minha memória dança com as mariposas
Vertendo derrames de silencio
Um ar suave entre as auras
Mas tremulando delírio na noite onírica

Preservação

Escrevo uma carta que inspira sonhos alucinados
Pela abnegação de qualquer coisa
Escrevo com a face retesada
Pelos abraços doces em meus recolhidos ombros

Nas percepções diárias
A vagueza deste lago profundo
Que se move com a brisa

Sem falar palavras doces demais
Percorrendo incerto caminho ao se delinear
Por linhas mais abstratas

Guerra

Jurando amores programados como um software de computador
Vejo tudo vazio como uma peneira
E sinto uma agonia plena
E penso nas frases congeladas
Em seu sonho mais estúpido
Em sua cadeira confortável
Em seu estado vegetativo

Lótus

Sonhei que levava palavras
Nas mãos e olhos
Raízes e nervos
Na invisível flâmula
Onde caminhos se distinguem
Pairando no vazio
Como fragmentos momentâneos
A noite fala sozinha
Lembranças morrem e renascem
Um temporal de pensamentos
Esvai na flor do tempo
Vejo lótus na tempestade
E no relógio do vazio
Onde os ventos se batem
E esquecemos o som do céu

O temporal

Hoje bebo leite e mastigo dois cravos
Depois grito para o nada
Qualquer palavra que morra no momento

As horas perdidas
Nas avenidas
Engolem um vendaval

A mesma força

Perdido na poeira do caos
Hoje também vi a luz dentro da sombra
Ela passa entre meus dedos

O caldinho das coisas

As casas tremem com a passagem dos insetos metálicos
Corredores e luzes frenéticos
Flores rearranjadas nas calçadas
Na invenção do concreto
Vazando petróleo das rachaduras
Nas ruas dormem abandonados
Babam nas tetas da morte
Um cavalo sorri com seus dentes
Carregando uma carroça
Com sua gengiva voluptuosa
E sua Crina de Rembrandt
Ouço sons de metal batendo
Ouço o vento deslizando na minha pele
As ruas e suas máquinas
E tudo vai se desligando
Flutuando em algum lugar

A imagem na rua

Parti-me numa imagem perdida
E suas nostálgicas lembranças
Atravessavam feixes de luz na janela
O sol ecoava reluzente

Há folhas no chão que quebram ao pisar
A imagem das vitrines se replica
O vento nos transpassa
Na fotografia cotidiana

Vidas se distinguem esquecidas
Lançadas ao brilho opaco
De luzes artificiais

Apáticos na rotina
Vendo o diário do século
Impresso em linhas formais
Sobre data marcada

Joguem seus papéis
Voando nas alamedas
A noite tudo acaba
Deixando rugas no entardecer

Noturnamente

Ouço os sons metálicos no véu urbano dobrando
pontiagudos
E um vento que afaga
Esse amor abstrato em tempo análogo
Pois sou aquele que está
Um espirito presente

Observo o contraste das cores na noite escura
O frio passa pelas frestas
Uma escada sobe ao céu
E o plano flutua abaixo dos pés
Dava para ouvir o vazio
E seu ruído sereno

Vênus

Um vento tórrido tremula o mar
As luzes do céu dançam
Na superfície translúcida
Edifícios cerram o horizonte
Num abismo de pedra ensurdecido
Semblantes pétreos
Quase lúcidos
Deixam sombras na passagem
Vultos cruzando a alameda cinzenta
As luzes ofuscam
As cores vibram
Aos olhos de quem percebe
As lágrimas lavam tempestades

Praia velha

Uma flor solitária irradia
Oscilando silenciosa ao vento
O mar bate nas rochas espumando a agua
Ondas morrem e renascem
Nas aguas tremulas que refletem o céu
Na paisagem dilapidada
E sua plácida aura
Sente a brisa do crepúsculo
Escorar na face

Revoada

Gaivotas plainam o mar
Com suas asas de asa-delta
Ocupam a aurora da manha
Cruzando o espaço aéreo
Em um quadro onde o horizonte
Divide-se entre o céu e o oceano
E os raios solares reluzem nas águas
Do mar opaco e lúcido
E as gaivotas permanecem pairando
Em um espetáculo etéreo

Atual desalinhamento

A proporção do desperdício é imensurável
O sol estampa sua luz na face morta
E BRILHA caído nas flores

Vozes vazam pelo ralo
Em uma chuva de alucinações

Permaneço uivando na noite
O relógio continua parado
Só falavam mentiras nos jornais

Observação onírica

Estive em uma constelação flutuante
Onde o vento canta liras chorosas
E balança as folhas na varanda

Passo pelo jardim secreto
E seu pórtico de heras
O aroma úmido da relva
Em meio a um sol de estilhaços

Apodrecem floras
Domam feras
Na era contemporânea
Bem-vindo ao Pós futurismo

Caos flutuante

Eu grito olhando para o chão
Tempos de desentendimento
Delírios enclausurados na fuligem e nos restos
O público consumidor morre aos poucos
Juros de dívidas eternas
Coerção publicitária deteriora
Eles matam as palavras vivas
E a gente se encontra no fim do vendaval
Incinerados pelo fogo do universo

Voador de fumaça

Tamanho despropósito
De veneno industrial
Nessas noites enlatadas
Juntando mofo nos pensamentos
Entupidos como aquela pia nojenta
Lembro-me da borra de café
Sangrando cafeína do cu do coador
Na tarde em que morri para os cemitérios
Buscando folhas que voam como mariposas
Farfalhando pelo ar da montanha druida
Mas no espaço etéreo antes de voar
O tempo nos separa em dois
Olho para o futuro sonolento
E quando vou dormir
Várias coisas no quarto parecem vivas
Até que tudo se apaga

Pássaros noturnos

Pássaros azuis dançam na chuva
Pousam nos fios de luz
E nos galhos do ipê amarelo
Nas flores que desabrocham e murcham
Pássaros de luz cantam sussurros
E levitam pelos ares dando voltas
Nas ramagens úmidas
Dos bosques florentes
Em meio à noite silenciosa
E o limo negro dos prédios ociosos
Uma névoa branca dissipa ao vento
Nas ruas seguem em movimento
Olhares pouco atentos
Junto das pedras e canos que gotejam
Sob um oceano de estrelas
Luzes foscas iluminam o chão úmido
Uma brisa suave vem
E a chuva se vai como uma velha amiga
E o brilho da noite
Estampa a face lânguida
Que repousa calada

Quartzo urbano

A roseira chovia do chão
De dentro da terra
No meio da pedra quadrada
A cidade não se cala
Nos elevadores do dia-a-dia
Chuva de fumaça industrial
Vertiginosa loucura
Em lâmpadas condutoras
Arte em blocos de pedra
Onde nem tudo é belo como a rosa
Vermelha como sangue

Esvair no mundo

Vi a noite e o temporal
E minha sombra calada
E seu movimento inquieto
Mas nada mais vejo
Só a fumaça do tempo
Que esvai no dilacerar dos ventos
E o fogo do universo continua em silencio
Perdido na filosofia
De abismos inquietos
E a mente divaga no meio desse vazio
E tudo se apaga
E o vendaval não lhe empurra
Ele entra no peito

Desfecho de folhas

Seus olhar murmurava alguma tristeza
Quebra-se algo de beleza eterna
E acaba por escorrer palavras
De seus olhos nublados
Esvaindo como água da montanha
E nada sobra além do suave zunido
Das folhas balançando

Um sobrevoo lunar

A toalha caiu do quinto andar
Um vento veio em pancadas sutis
E a toalha dançou até o chão
As nuvens caminham devagar
E o mar se move como uma massa
E daqui eu só posso imaginar
As coisas no seu lugar
Mas ainda dá tempo
De fazer alguma coisa
Diante a brisa que resvala
Em minha cara vermelha
Observando o horizonte inalcançável
Com os olhos turvos
Concentrando a mente no vazio
Sentindo o corpo descarregar

Plano mundano

O vento sopra na janela do último andar
A televisão se cala
Os sonhos devoram minha mente
Nuvens distorcidas desmancham no céu
Ecoam sussurros da noite passada
Com o sopor da brisa
Que cala teus olhos

Outro abismo

Vejo um abismo no céu
Quando ele se funde ao reflexo da água
No rio que corre tempo abaixo
E a alma dança sozinha
Ouvindo vozes na cabeça
Vi teu rosto paralisado no instante
E as nuvens plainando
Eterna matéria decomposta
Etérea face inibida

Abstração diária

Estava lavando as canecas
Quando vi as bolhas de sabão marchando na direção do ralo
Junto a água fluida e feixes de luz que a atravessam
Dançando com as sombras
Como peixes em aguas calmas
Vibrando suas almas translucidas

Um vento sussurra em mim
Sinto um ruído indecifrável
Como um aviso
Um estalo repentino

Hoje o céu não tem estrelas
E as nuvens somente passam
As luzes pressupõe a segurança

Esperando os acasos fortuitos que parecem esvair aos poucos
Atento ao silencio do absurdo
Paralisado neste véu de névoas
As cores se mechem no céu
E a natureza mantém seu alento

Sua face pálida e indiferente
Sem muita lucidez
Imóvel o austero semblante
Na noite em que deita sobre a lua
Sente mais do que o vazio

Mais alguma coisa

Algum tempo fora perdido
Era um instante
Mas há instantes que parecem uma eternidade

VOCE NÃO FAZ IDEIA
Havia muitas coisas ao redor
No meio da desordem
Há uma ordem enigmática

Havia instantes perdidos
Eu ouvia sua voz no meio do vendaval
Você e o mundo me observavam
E um coágulo de coisas
Pendurado, nauseante

VOCE NÃO DIZIA NADA
Não tinha nada a dizer
E eu mal conseguia ouvir

Como se não houvesse nada importante
Mas está cheio de coisas importantes
Pois tudo no fim renasce
E você vê crescer de novo

Mas você diz
QUE NÃO SENTIA NADA
E que isso não fazia sentido

Você não percebeu nem por um segundo
O ar que te sobrevoa
Você não pode sentir tua aura flutuar?

As coisas parecem vazias

Na vastidão de muros das caóticas ruas
As vozes desabam junto ao balançar do vento
Lançaram um vazio cinzento no céu
Estruturas, tubos e implantes
E seu animal habitual percorre o amanhecer
Sem nada a dizer sobre o que lhe aflige

Vagueza tua

Onde as almas se encontram
E um olhar perdido permanece
É o caminho das coisas inacabadas
Um dia te empresto meu silencio
Para sentir a brisa lhe esfriar a face

Calados no ar

Na noite de lua crescente
Amarelada com nuvens ao vento
Na cidade déspota
De espaço anacrônico
Ouvia-se um ruído ecoando
Contaminando a mente submersa
Num devaneio esquecido
O tempo esvai
Na perplexa cara cinzenta
Nas esquecidas noites tétricas
Lírios balançavam
Nas bordas do jardim
A música climatiza virtudes
Sobre as silenciosas folhas
Que voam no ocaso

Delírio

Quantos delírios são necessários
Para atear fogo em alguma coisa
Para banhar seu corpo
Nesse céu alucinógeno

Sonhei com pancadas na cabeça
Palavras entrando nos pensamentos
Elas promovem a distancia
Entre a sombra e o objeto
Entre a dor e o desejo
Entre o medo e a censura

Ecos urbanos

A estação central estava lotada
Pernas passam a todo vapor nas plataformas
As estruturas estremecem
Pingam dutos de água podre
Televisões subornam mentes
No horizonte vejo abismos
A terra desaba na tempestade
Sente a dor que nos abraça
Grita a voz mutilada
Na queda da vigília
Na volta da bastilha
No medo do silencio
Nos limites do desterro

Nem uma palavra

Em voos magnéticos
Via prédios na sombra vertical
Um cinzento abismo
O vento urgindo
E a queda da chuva trazia lembranças
Como o poema que foi perdido
No verso de um folheto
As mesmas coisas foram ditas
Os mesmos minutos passados
Via as folhas no chão
Naquele dia de anseios
Os compromissos além da compreensão
E o que comtempla a vida
Em sua aleatoriedade

Reflorescer

Não há como contestar o estado de espírito
Mas o tempo passa e as coisas mudam
Nas invisíveis rotas do tempo
E no ruído distante que sussurra

Vejo o vento me levando
E ouço o som do abismo
A vida em sua remota imensidão

Símbolos

Sei que há tempo de fazer muitas coisas
Mas todas as coisas que foram perdidas
Deixaram um vazio inseparável
Mas não havia nada a fazer pelo que já foi
Era preciso abandonar os anseios
E libertar os sentidos

Sanidade roída

Seus olhos abrasam vermelhos
Ao som de sonatas
Na inconstância dos dias
O mundo não existiu só uma vez
Existiram milhares de coisas em milhares de séculos
Devemos seguir até que nosso mundo vire uma história morta

Brevidade da vida

Não quero refletir neons
Prefiro incinerar translucida alma
Submergindo amplificações
E celebrando as pequenas vitórias

Impróprias perdas e quedas singulares

Perco-me nas palavras
No ronco dos canos da consciência
Vendo disparos de informação
Introjetados no cérebro
Ao girar inóspito do corpo abatido
Como um passageiro do ócio que engole o tempo
No deserto de vigílias caídas
No desterro de penumbras
Entre vultos diligentes
Espreitando os vícios pelas pontas
Pleiteando princípios
No cenário cotidiano

Palavras mortas

Morri pela palavra e queimei as folhas
Fumei minhas memórias
No cachimbo japonês
Peixes fosforescentes
Voam pelas minhas lembranças
Ternuras nostálgicas
De um passado esquecido
A terra esvai sobre a pedra
Virando fumaça e fuligem
O mundo digital cerca seus poros
Flores os aguardam em jardins secretos
E o que mais estiver a espera
Seja somente a vagueza

Partilha

Pátria de pactos milionários
Do circo fascista de horrores
Onde a ferida coça na barriga
E os dias se esvaziam
E as almas se escravizam
Observando a imagem cinzenta do horizonte
Nas camadas de raciocínio
E seus fantasmas de sonhos quiméricos
E realidades sobrepostas
A reconstrução pré-definida

Insólito

Posso ser estranho para a norma
Nos dias magnéticos
Contanto que não seja algo robotizado
Como a repetição planejada
Em diferenciados movimentos
Você pode podar as horas
Acordar e jamais cortar os cabelos
Mas nada disso vai te fazer ser tão estranho

Essa noite cortarei os cabelos

Os caracóis da essência se esvaem
E voam presos em alguma coisa
Num vazio que soprou
Nas entranhas das cavernas
O conselho ao desavisado:
Privar-se do vento traz mal presságios

Mais um cotidiano

Tento tocar tua ternura com meus dedos
Mas não é possível
Fui até o fim do crepúsculo
Vi as metas e os metais
Senti nos tímpanos a discórdia
Fiquei um tempo paralisado
Vendo nas cenas incomuns
Qualquer olhar que o confronte

Berço magnético

Tive visões distintas ao anoitecer
Amalgamando cores no céu
E águas se moldando infinitamente
Com a profundidade de um oceano

Vou atravessando o portal noturno
Rasgando teias emaranhadas
Uivando na lua cheia
Com o espírito de raposa
Revivendo seu animal interior
Incorporando a perda dos sentidos
Direcionando os ruídos

E via uma certeza perene no temporal magnético
Fixando o olhar no seu templo
Ouvindo a suave melodia
Em um castelo abstrato
E os dedos se movem dançando
Como serpentes fluorescentes na madrugada

Restos prósperos

Resta escrever sobre as ensolaradas calmarias que nos pacificam
Ou as passagens aturdidas nos dias insanos
Fortes ventos na cidade-máquina
Juntando tudo que se une e separa

Na noite saturnina
Pairando no vazio
Vê seu pensamento flutuar solitário
E nas camas objeto-voadoras
Acelera contra a gravidade

Ouve as vozes de anjos anarquistas
Dançando no céu vermelho
Com seu sexo duplo
E espírito animal

Não quero dançar com o diabo essa madrugada
Não quero ouvir suas asas causando ventanias

Encontro-me entre os destroços que me compõe
Nas horas salutares
Em redemoinhos que me abrigam

O peso na carne

Havia algo pesado
Concentrada na espinha
No flagelo da carne
Pendurado como chuteira velha
Como coroas de alho ao vento
E tinha aquele cheiro
Alguma coisa grudada no ar
E o ruído da porta abrindo
Para as margens do mundo
Onde se fecham as correntezas
Ao redor dos braços do mundo
Enganam os simples
Destroem os tristes
E os moinhos da vida continuam girando

Flores no jardim suspenso

Frederico me disse: você está amargo do cu aos dentes
Florbela parecia querer me consolar
Aconselhou-me a pegar o regador e regar minha horta interior
Para que os delírios floresçam mais leves
Tem gente que a gente ouve com os cinco sentidos
Com os olhos atentos e coração aberto
Pablo alertou para não criar arco-íris com a mangueira
Ele dizia que irritava os Deuses
Por isso tinha pavor de irrigadores automáticos

Jamais acreditei no que me disseram
Fui drenado pela realidade invertida
Estava seco como um poço no deserto
Encharcado como um cachorro na chuva

Minhas memórias se distinguiam na ventania magnética
Sozinho observava lótus no pântano do tempo
Ela dança na tempestade e enraíza no lodo

Às margens

Ao mover os olhos
Não sinto nada
Eu não esperava
Nadar no vazio
Observo o céu nômade
Colorindo o meu silencio
E o infinito irresoluto

Brinde às Deusas

Um brinde à volúpia do fracasso
Aérea e vibrante em sua dança inibida
Um brinde ao cosmo nas vísceras da alma
Dissipando a poeira anímica

Um brinde a doce harmonia
Contrastando a ventania
Calmaria de corpos e almas

Um brinde ao tempo perdido
Ao não arrependido
Nos sobrando um grito no abismo
Uma ode ao silencio eterno

Valquíria

Ouve o estrondo do céu
E o sopro do vento
A voz da Valquíria no véu do silencio
Que alcança o âmago do pássaro preto
Que abre as asas no peito do mundo
E abraça seu instante
No meio do redemoinho

Mais um trago

Alvéolos pulmonares dançam com a fumaça
Trago, pigarro seco e envelhecido
Pulmão tem coração-motor
E sangue-combustível
Carbônico, canábico e etéreo
Tabagista crônico
Minha tosse canta para os pássaros
Como um cachorro
Absorvo uma garrafa
Neste frio tempestuoso
Quero morrer embriagado
Não me venha com lágrimas
De Clara Crocodilo
Deixe em paz meu semblante e meu cabelo
Eu nunca tive um amigo
Que não quisesse cantar comigo

Cegueira

Lágrimas de neon caem na varanda
Vê toda Matéria dilacerada na terra
Brotando as cores da vida
Vermelho do sol escorrendo entre os dedos
Corações enganados presos na terra
Onde lótus enraíza

Último andar

Queria ver a luz
Sobre a fumaça
E os restos de destruição
Sonhos caem no precipício
E um silencio sobrevoa seus desejos
Na noite barulhenta

Ventos de outrora

Passei por ventos diferentes ao caminhar na areia
Vi pedras adormecidas na montanha
Mariscais reluzindo o sol diurno nas encostas
No alto do morro agradeço aos Deuses
Não há pressa na brisa
Uma luz paira no céu com as estrelas
E o mar se revolta solitário

Esse gesto

O espaço foi perdido
Pedaços do vazio permanecem ruídos
O semblante quieto emudece
Vê um vulto fortuito vem entre as rochas
O sol vem solene pela janela
Entram fachos de luz
Lembrando o tributo ao cotidiano
E um decente sorriso que ainda sobra

Teus delírios

Lança delírios na aurora da noite
No tempo que liquefaz as horas
Põem tudo para fora sem meio termo
Voando oscilante no vento que sibila
Com as mãos que se encontram
E o corpo que lhe atrai como gravidade

O temporal

Na afluente de águas furiosas
Dilúvios em dias de silencio
Passo horas afoito esperando a folha virar
Um vento inquieto me bate
O dia acaba sempre a mesma coisa
Toda vida esvai e aflora
E o sol seca meu olhar
A boca fechada segura o grito
Rajadas de informação inútil
Pegam-nos desprevenidos
A chuva aflora sensações
Em madrugadas indeterminadas

Qualquer coisa nas sobras

Espero todas as noites respirar o aroma das flores magnéticas
Juntando devaneios em dias de chuva
Tive uma sensação que pairou no ar
Reverberou no silencio inóspito dos teus gestos
Na carne das tuas entranhas
Onde tua voz ressurge e sussurra em meus ouvidos
Olhando para um céu de abismos
Nesse vento inquieto que nos cala
Absorvendo como caixas telepáticas
E a luz te observa
Para fazer a terra pulsar novamente
Dilatando suas veias
Em momentos que esvaem
Tiveram dias que esqueci o quanto me importava
Esqueci seu olhar nas tardes de maio
Sua face onipresente sem predizer nada
Seu pedaço de sonho enevoado
Observando bocas que se atravessam
Rangendo os dentes solitários
Devorando furacões na eternidade

Inexistência

Queria lhe falar o inexplicável
E depois desdize-lo
Pois tenho ossos o suficiente
E dias o suficiente
Para subverter o som das correntezas que me levaram
Tenho defeitos o suficiente para incinerá-los
Vou deitar perene
Pois tenho todos os defeitos os quais posso me inundar
Pois tenho dentes grudados nos ossos e olhos nas mãos
Pois tenho dias acumulados nos ventos da face
Ouvindo as bocas e suas ventanias
Seus dentes transubstanciados
Olhando um templo no espelho
Sua faca cega e fé amolada

Devaneio sobretudo

Te via translucido no sábado à noite
Deitado em um colo como um doce mistério
Vejo com esses olhos animais
E com o tempo paralisado na minha mente
Também nos vi naquele sonho
Em que os anjos nos perseguiam
E via nossa pele reluzindo
E por fim te vi sozinho
Quando deitou no colchão do tempo
E sentiu a AURA VIBRANDO
Pela eternidade

Mais sobriedade

Alguns pedaços de mim foram embora
Mas prometeram voltar
Há coisas que não vejo mais
Já não habitam meus sonhos trêmulos
Às vezes eu penso sobre o vazio e sua complacência
Sobre a lótus que observa o mundo com os olhos do tempo
Comtemplo o entardecer vazio
Observando espaços azuis entre as nuvens
E as fendas secretas no céu
Os silêncios que o mantém apaziguado

Aquela coisa

Veio como um dilúvio incontrolável
Observando a lua vermelha
Rodopia sozinho no tornado
Mas acende a chama interior
E ama sem contar os dias

Observa o horizonte apreciando deuses
Mas não mata a saudade
É como lótus no pântano do tempo

Vive na máquina de desejos
Na máquina de sonhos
Na máquina de delírios
Como ex-macaco no jardim do éden

E como o nada
O vazio que somente vibra
Para toda eternidade

Compostos

Meus ossos não são de vidro
Foram calcificados no silencio
Densos com a gravidade

Teu olhar me afaga como um beijo d'agua
O sangue ferve nas gengivas
Carne e alma brilhando como lótus

Nossa aura vibra translucida
Sobre o véu cinzento da cidade
Vendo os Deuses entalhados no horizonte

O sexo de raposa uiva na lua cheia
Corpo vermelho na noite distraída
Tambores reverberam
E os sentimentos mergulham no oceano

Ouriço de luz

O pássaro lunar canta para as estrelas
Na noite anuviada
Eu via ele da janela aberta
E minha mente se silenciava

Não finge, pois faz o céu escurecer
Com as coisas que não vem a si
Quero-te embaixo da luz
Neste mar de amanhãs que não acaba mais

Onde está teu olhar que desmancha na chuva
Deixando manchas no tempo
Tua arte nua e aura inquieta
Teu sopro que sempre diz alguma coisa
Não encontra mais palavras nos beijos
Nem na voz sussurrante
E decreta um céu de ternuras sobre os olhos

Perdi as suas palavras
Ou nunca tive essas palavras
Todas elas retornam do vazio
E se lançam no ar
Como a chuva que molha a todos

Bocas que calam

Todas as auras e seus olhares
Esperam o momento de voltar e dizer algo
Qualquer coisa que seja dita
Que saia da boca tremula como fogo das entranhas

No seu desfiladeiro perpétuo
No abismo inquieto da tua ressureição
Onde imperam sonhos inacabados
E a noite te observa calada

A chuva chora no horizonte
Todos os ruídos são guardados no peito
Os deuses se calam e esperam a chuva passar

Descendo da lua uma voz me esvazia
Uma flor desabrocha
No tempo onde não há ninguém

E foi a queda no vazio que o tornou tão perene
Observando o azul do céu
Hoje o dia pairou no ar
E o estomago se agita

Todas as coisas se movem ao mesmo tempo
E teu olhar vai engolindo furacões

Tenho outras horas para batalhar
Dias para carregar desejos
Como sussurros e outra forma calada
Outro dia ou sempre o mesmo dia
Todas as tardes vou olhar por trás dessa cortina

Todos os momentos

Todas os momentos que eu me percebia desaparecendo
Eu abria meu peito e plantava uma semente
Esperando algo florescer
Eu via em seus olhos um oceano profundo
Desejando mais tempo
Eu não sabia que tantas horas seriam perdidas
Nem que os deuses me observavam
E renasço ao acordar
Caindo no abismo dos teus julgamentos
Soprando a fogueira eterna do desejo
Quando encontro a luz da tua aura
E retorno em alma e vibro
Ocultando os tentáculos da minha loucura
Invocando os tubérculos que enraízam na putrefação da terra

Força mística

Seus olhos me beijavam na lua secreta
Mordia lábios com seiva
De totens sibilantes no silencio
Sentindo a força mística
Carregando todas as possibilidades
Como uma raposa etérea
Com o alento de sua aura
E todas as obsessões voltam para a terra
Toda a força espiritual ruge contra o obscuro

Acima dos olhos

Nossos olhos se encontraram no redemoinho
Jorrava ácido do meu umbigo
Eu morria naquela tarde
Em um domingo de abril
E foram teus dentes que mataram
Tua língua amolada

Espumávamos dor translúcida
Tua carne e teus olhos engoliam o tempo
Teu espirito animal se deliciava nas entranhas do mundo
Lambuzando a alma em seiva etérea
Comendo auras de sobremesa

Enquanto eu gozava pelos cantos
Solitário como um girassol no vaso
Balançando ao vento
Disparando aroma no ar vibrante
Aos poucos se despedaçando

O vento que pediu

As memórias se vão na tempestade
Ficam imagens aleatórias
Encontradas nos dias perdidos
Suas veias pulsando
O desejo inquieto de saber
Secretando dor no caminho
Sobejando alguma toxina
No delirar que flutua
Na sua carapaça solitária
Incinerando os olhos em tardes de outubro
Jorrando seiva de uma flor de carne
No vendaval de bocas que gritam
Brandindo a alma
Seus ossos balançando no furacão
Enlouquecendo na lua secreta
Onde o tempo se fragmenta
Vendo a tempestade
Lançar delírios na sua face
Teu olhar dilacerado
E o corpo vibrando como máquina

Acalento interior

Neste momento impiedoso
O céu fica em silêncio
Enquanto observo o pôr do sol enferrujado
No inquieto entardecer
Salivando meus delírios
Vendo oráculos e seus tentáculos disformes
Ocultos na noite deteriorada
Desfrutando solidez infinda
E comtemplando os Deuses que dançam no abismo
Na aurora que afaga teus olhos densos
E meu humor incinerado
Inflamando no caos
Uma indisposição prescrita
Mas teu fogo interior
Beijava meu doce silêncio
E todas as formas eram desinibidas
E se fundiam na tempestade
Nos olhos do mundo
Como sombras vagando pela noite
Como serpentes em direção ao horizonte

Jorrando seiva

Quero todo aquele vazio
E todo aquele delírio
Ardendo em chamas
Quero beijos silenciosos nas manhãs de inverno
Flutuando no tempo
Quando os dias se perdem
Jorrando a alma nas calçadas
E o sangue borbulhando nas entranhas
A verve pulsando
Nos dedos e na boca
E nos teus olhos animais
Dilacerados pelo tempo e pela fumaça

pólen bold 90 gr/m2
tipologia garamond
impresso no verão de 2023